續脩臺灣府志卷十一

欽命巡視臺灣朝議大夫戶科給事中紀錄三次六十七　同脩
欽命巡視臺灣朝議大夫雲南道監察御史加一級紀錄三次范　咸　同脩
分巡臺灣道兼提督學政覺羅四明　續脩
臺灣府知府余文儀　續脩

武備三　列傳　義民　船政

列傳

施琅號琢公晉江人明崇禎時爲遊擊將軍及明亡閩粵事亦相繼敗琅挈家屬入海依鄭氏成功忌其能因釁執之會得脫遁歸家屬皆被害順治丙申制府李率泰薦授副總兵駐同安薄廈門賊壘擒其驍將數十輩所招降萬餘人晉同安總兵擢福建水師提督平金廈沿海諸島康熙六年以邊患宜靖疏請擣臺灣得
旨赴京面陳尋以議裁浙閩粵三省水師提督留京晉爵內大臣伯康熙二十年
朝廷從姚啓聖請以　琅征臺琅至閩選舟師練習三載以二十二年六月乙酉由銅山進兵入八罩直抵澎湖湖爲臺門戶賊之精銳悉在焉有衆二萬餘艘二百餘集於雞籠等嶼僞鎮國公劉國軒亦擁精兵二萬屯於風櫃尾牛心灣等處環設砲城以陸兵守之其餘沿海賊舟星羅碁布琅令大小船於風帆上大書坐將姓名以知進退定賞罰丁亥昧爽鼓角喧騰兩師將合琅先

令曾成藍理吳啓爵張勝許英阮欽爲趙邦試七艘衝
鋒破浪直入賊師焚殺無遺值潮自南至前鋒爲急流
分散賊艘復合琅知其深入挺身衝殺賊䑸收入八罩
獨駕小舟潛偵賊寨動靜癸巳與各鎮誓師分爲八隊
每隊七舟各三其疊琅自統一隊居中調度留八十餘
舟爲後援又分遣五十餘舟從東畔嶼內截寇歸路以
五十舟從西畔牛心灣內外暫爲疑兵牽制忽北風驟
發勢相逆三軍股栗琅巡師大呼曰無畏惟天惟
皇帝之靈實式臨之須臾雷震風反將士賈勇而前賊舟
發火矢交攻烟燄迷天官兵乘勢夾擊自辰至申賊艘
被焚覆溺投水者無算劉國軒遁入小舟從吼門出僅

以身脫既破澎湖琅思以恩信結臺人凡降僞鎮營弁
獎賞有差給士卒糧米焚傷覆溺未死者以醫藥救治
之有欲歸見妻子者給舟送之降卒相謂曰是眞生死
而骨肉也歸相傳述賊衆解體望
王師如時雨駐師澎島乏水隨地鑿井井泉湧出於是軍聲
大振鄭克塽始決計歸順遣禪將馮錫珪陳夢煒齎獻
延平王金印一招討大將軍金印一公侯伯將軍銀印
五來乞降時七月二十七日也八月壬子琅統舟師臨
臺地受降令人民士番薙髮官民有讎怨者悉爲捐釋
撫殘孽籍府庫兵仗卹陣亡之殺傷者雞犬不驚壺漿
載道捷書至闕

上解所御龍袍馳賜載褒以詩加授琅爲靖海將軍封靖海侯予世襲琅復念海外初平所在土番雜處爲善後計特疏詳陳臺灣棄留利害請設郡縣以爲東南數省藩籬 詔報可版圖式廓海波不揚江浙閩粵四省數十年鯨鯢久靖琅之功爲多

朱天貴莆田人初爲鄭氏將後歸誠授平陽總兵康熙二十一年以總督姚啓聖薦奉
旨調回閩省協剿臺灣二十二年六月二十二日攻克澎湖天貴率舟師奮勇追擊斬獲溺死者無算會中砲死姚啓聖上其功
詔贈太子少保謚忠壯廕一子知州時會剿臺灣有功者

興化總兵吳英海壇總兵林賢金門總兵陳龍銅山總兵陳昌廈門總兵楊嘉瑞副將蔣懋勛林葵詹六奇參將羅士珍遊擊林瀚王朝俊許毅張勝何應元曾成功吳輝趙邦試二等侍衛吳啓爵筆帖式常在

施世驃琅子初以外委守備隨父戰澎湖有功後累官至水師提督駐廈門康熙六十年朱一貴倡亂世驃聞變集諸將議曰臺寇猖獗六七日全郡俱陷此非小賊也今臺灣數百艘逃入內地脫有奸徒混跡乘虛鼓煽廈島一搖勢不可制咎將誰執乃按兵觀釁而總督覺羅滿保羽檄飛促世驃出師赴澎湖以慰衆心迨滿保至廈門而世驃已登舟出港兩日矣抵澎湖與南澳鎮總

兵藍廷珍謀克復安平時朱一貴悉衆攻安平世驃與
廷珍遣將分攻直擣臺郡朱一貴等後先就擒世驃即
於軍中疏平臺郡狀値南風正駛捷書到闕
賜世驃東珠朝帽蟒袍異數有加時元兇雖擒餘黨散匿
世驃復與廷珍分遣大兵廓清南北二路以除殘孽會
風雨大作屋瓦皆飛人民震動世驃終夜露立疾作卒
於軍藍廷珍南澳總兵官朱一貴倡亂總督覺羅滿保
飛檄召赴厦門商畧機務廷珍以海外豕突殘魂必重
臣坐鎮以安人心消反側乃遣人陳請滿保駐厦門就
近督師滿保得所指陳喜曰藍總兵所見事事與吾胸
合吾無憂矣遂自會城兼程疾趨至厦而廷珍亦單騎

率所部舟師繼至滿保令總統征臺水陸大軍赴澎湖
會提督施世驃進剿六月朔出厦門港二日至青水溝
時颶風驟起軍士相顧失色廷珍親自操舟馭風漂至
銅山風定由銅山至澎湖世驃大喜與議進兵廷珍慷
慨言曰羣盜烏合一攻即靡但其衆至三十萬不可勝
誅以其所見止殲渠魁餘令自新且安反側乃戒將弁
無得妄殺翼日進兵廷珍親率諸將奮擊賊衆敗走克
復安平賊復率二萬衆列牛車夾牌盾爲陣蠭擁蟻附
攻安平廷珍發大砲四面環擊賊大潰退保府治越數
日廷珍督大兵南下復敗賊衆追殺至蔦松溪一貴遁
去遂復府治駐

萬壽亭提督世驃屯北較塲分遣大兵廓清南北二路以除殘孽一貴及餘黨先後就俘臺郡悉平

歐陽凱漳浦人臺灣鎭總兵朱一貴倡亂豎旗於南路岡山凱撥官兵前剿賊勢猖獗二十八日凱親率衆駐春牛埔戰連日五月朔賊黨數萬雲集凱奮身血戰躍馬衝突賊四面圍攻勢窮力困中鎗墜馬賊刃交下截其首去事聞

詔贈太子少保予恤賜祭葬廕子弟一人以守備用祀忠義祠

許雲漳州海澄人臺灣水師副將朱一貴倡亂南路被陷逆賊環攻府治雲不以水陸分岐於四月三十日率次

子方度家丁吳國珍等赴春牛埔援總兵歐陽凱時鎭標官兵俱陷雲衝突血戰殺賊數千人賊退走翼日賊衆十餘萬擁至雲率遊擊游崇功千總林文煌趙奇奉把總李茂吉自黎明戰至日中矢窮砲盡雲重創遍體墜馬步戰猶手刃數十賊勢孤無援賊衆愈甚弁兵俱殁厲聲命次子方度曰賊勢猖獗我分當捐軀報國爾速突圍出將安平鹿耳門各砲位封釘無遺賊用前賞印信赴提督乞師復仇方度號泣奔突出圍雲左臂被賊砍猶奮勇血戰厲聲曰吾生不能盡殺爾等死必來殲滅爾賊怒寸磔之事聞 贈拜他拉布勒哈番世職予卹

賜祭葬廕子弟一人以守備用崇祀忠義祠安平百姓憫
其捐軀殉國爲立五忠祠以祀焉次子方度隨叅將王
萬化征剿朱逆攻入鹿耳門克復安平鎮殺賊七鯤身
西港仔蘇厝甲底定臺灣以軍功補臺灣鎮中營遊擊
羅萬倉陝西人臺灣北路叅將朱一貴之亂總兵歐陽凱
戰死府治失陷萬倉鼓勵將士堅守賊攻北路連發大
砲擊之仆賊旗賊四面蝟集萬倉奮鬭拒戰兵孤無援
踰溝墜馬賊以竹篙截其喉猶揮刀殺賊而死妾蔣氏
聞兵敗亦自縊事聞
詔贈拖沙拉哈番世襲
賜祭葬廕子弟一人以守備用妾蔣氏

詔賜旌表
孫文元雲南人臺灣鎮左營遊擊朱一貴竊發歐陽凱等
戰殁賊攻府治文元兵少勢孤於鹿耳門內望北叩首
畢躍入海死
游崇功漳浦人臺灣水師左營遊擊臺寇之亂崇功奉調
援剿同副將許雲併力擊敗賊衆聞鎮營圍急率兵赴
春牛埔而歐陽凱已陣殁崇功手持大刀左右衝突殺
賊三十餘人中創墜馬死事聞與遊擊孫文元俱贈拖
沙拉哈番予卹
賜祭葬各廕子弟一人以守備用
胡忠義陝西人臺灣鎮標左營守備臺寇之亂隨歐陽凱

率師於春牛埔拒敵衝鋒力戰中砲墜馬死

馬定國陝西人臺灣鎮標左營守備朱一貴攻南路營定國督兵拒守賊勢猖獗定國奮力血戰勢不能支大呼曰我朝廷命官豈可遭擒取辱遂拔佩刀自刎死事聞與胡忠義俱予卹

賜祭葬廕一子以衛千總用

蔣子龍閩縣人臺灣鎮標中營千總臺寇倡亂隨總兵歐陽凱拒敵春牛埔大破賊衆次日賊勢復張子龍奮身疾戰被賊刀斷一臂而死

陳元侯官人臺灣鎮標左營千總朱一貴倡亂元率師同本標右營遊擊周應龍於南路岡山禦賊奮勇掩擊賊敗走明日直進亦山又明日賊悉衆四面圍攻元與力戰數次中創被獲逼降不屈死

趙奇奉廣東人臺灣水師協標右營千總臺寇環攻南路奇奉隨協鎮許雲率水師援剿連敗賊衆次日賊悉衆攻春牛埔奇奉力戰死

林文煌侯官人臺灣水師協標千總臺寇作亂文煌隨協鎮許雲率兵援鎮軍連日力戰於山川臺文煌衝鋒殺賊殁於陣其弟文甲從師亦死焉事聞與千總蔣子龍陳元趙奇奉俱　予卹

賜祭葬廕一子以衛千總用

李茂吉漳浦人臺灣水師協標中營把總臺寇之亂茂吉

自請爲先鋒隨副將許雲率兵援鎭軍力戰於春牛埔爲賊所執不屈勸之降茂吉瞋目厲聲曰我朝廷職官豈肯降汝草賊耶舉足翻其几案奪賊刀殺賊賊共斬之頭破裂罵不絕口而死

林彥閩縣人臺灣鎭標中營把總臺寇之亂隨總鎭剿賊於春牛埔賊悉衆來攻彥爭先臨陣死之

林富長汀人臺灣鎭南路營把總臺匪竊發奉委率兵爲遊擊周應龍前隊引路至赤山與賊戰賊稍却富乘勝深入賊後陣圍之劖刺而死時有削職把總江先達鎭標右營領旗王奇生俱力戰歿於陣

石琳永定人汀州鎭標中營把總康熙六十年奉差領汀州鎭兵至臺灣換班適遇臺變琳力請助戰爲賊所圍歿於陣事聞與把總李茂吉林彥林富俱予䘏

賜祭蔭一子以衛千總用以上十三員暨林文甲江先達王奇生俱奉

旨祀忠義祠

王郡字建侯乾州人初冒李姓入伍康熙六十年以千總從藍廷珍收復臺灣有功後爲南路參將始復姓雍正六年陞臺灣總兵七年討平鳳山山猪毛番九年彰化大甲西番林武力聚衆作亂鳳山流棍吳福生亦乘間爲變郡時已授水師提督乃先遣遊擊李榮引兵應援繼偵知福生與商大概等攻陴頭甚急遂決策率兵夜發與參將侯元勳守備張玉等三路夾攻敗其前鋒賊

復集自辰至未戰數合賊大潰各奔竄潛匿生擒蕭田等八人梟於營門越日福生大概等三十餘賊悉就擒南路旣平而新鎮呂瑞麟勦大甲西番爲所圍徵兵府中總督郝玉麟復檄郡討之郡師至鹿仔港遣參將李蔭越遊擊黃貴等合兵圍阿東社參將靳光瀚遊擊林黃彩等各扼隘口絕其去路遂渡大甲溪追殺直抵生番悠吾界屢有殺獲賊遁南日內山峭壁峻絕諜知樵徑僅一綫督師攀援而登砲聲震山谷賊負創走擣其巢穴焚其積聚於是各社望風皆降縛獻渠兇林武力等北路亦平十餘年來鎮臺者郡之功爲優云

張天駿字鳴珮仁和人以千總留京營効用檢發福建水師出洋捕賊有功累陞至廣東提督條奏停止採礦部議革職旋奉　特旨補湖廣常德總兵調崇明奉　命海運漕粟至閩平糶遂授臺鎮涖任二年餘恩威並濟兵輯民安臺以無事天駿爲人質直而存心忠厚識大體勤於其職陞福建水師提督去之日兵民傾城趨送至有泣下者今風神廟立有去思碑

義民

康熙六十年總督滿保題准朱一貴等倡亂臺灣佔踞郡縣侵犯南路義民李直三侯觀德涂文煊邱永月黃思禮劉魁才林英泰鍾國虬林文彥賴君奏等密謀起義誓不從賊於四月二十二日先遣艾鳳禮涂華煊等赴

府請兵五月初一日府治失陷各義民隨於五月初十日糾集十三大莊六十四小莊合粵之鎮平平遠程鄉大埔閩之永定武平上杭各縣之人共一萬二千餘名于萬丹莊豎立大清旗號連營固守又以八社倉厫貯粟一十六萬餘石遣劉懷道等又帶領鄉社番民固守倉厫各義民糾衆拒河嚴守一月餘不容賊一人南渡淡水六月十八日巳時賊從西港口偷渡新圍劉庚甫陳展裕鍾貴和等統衆與賊合戰兩次復糾同侯欲達梁元章古蘭伯與賊戰於小赤山至晚復戰一次各有損傷十九日賊犯萬丹劉庚甫陳展裕侯欲達古蘭伯率衆拒敵且戰且守誘賊至濫濫莊鍾沐純等統衆出

賊人之後從北面殺入劉庚甫梁元章古蘭伯劉懷道等統衆從南面殺入陳展裕侯欲達涂定恩等統衆從東面殺出三面合攻大敗賊衆追至淡水河邊有邱若贍艾鳳禮等攔河截殺賊衆無船可渡溺死及殺死者數千餘人義民爲首之涂文煊及鄉壯被賊殺傷死者一百一十二人奪得大銃四位砂砲四位僞劄僞印旗號軍器甚多奉

旨從優議敘給臺地守土義民劄付一百一十五張引兵殺賊義民劄付三十六張擒賊義民劄付二十三張

乾隆元年總督郝玉麟題准臺灣北路大甲西等社兇番肆逆不法旋卽平定其陣亡傷亡受傷之義民隨丁壯

丁通事人等照鄉勇之例賞給冊開一等二等三等軍
功之義民人等酌量分別等次賞給

乾隆五年總督德沛題准雍正十年北路兇番不法南路奸匪吳福生等乘機糾衆義民侯心富等先於康熙六十年朱一貴竊發案內已經立功至雍正十年復行率衆九百餘人渡河應援賊衆奔潰又經水師提督王郡調赴軍前備充嚮導出力用命應予以優敘均照部冊有名外委例各加一等授爲千總給與劄付

乾隆十年總督馬爾泰巡撫周學健議准勦捕匪犯吳福生等并北路兇番案內立功冊報有名之義民毋論已未請給功劄許赴地方官陸續具呈查明檔冊喚同里

正副等當堂確訊如果無頂冒影射情弊即會同營員秉公考驗加具印結詳送臺灣鎮道覆驗轉送督撫會同親加考察倘有年力壯健才技出羣者列爲一等即予考拔外委把總如或人材漢仗去得而技藝未能嫻熟列爲次等准予分發內地各標營食糧効力另候考拔若有假冒頂替情弊事發依律治罪其材技平常不願赴考者聽其自便功冊註銷

附考

臺灣始入版圖爲五方雜處之區而閩粵之人尤多先時鄭逆竊踞海上開墾十無二三迨鄭逆平後招徠墾田報賦終將軍施琅之世嚴禁粵中惠潮之民不許渡

臺蓋惡惠潮之地數爲海盜淵藪而積習未忘也琅㴱漸弛其禁惠潮民乃得越渡雖在臺地者閩人與粤人適均而閩多散處粤恒萃居其勢常不敵也康熙辛丑朱一貴爲亂始事謀自南路粤莊中繼我師破安平甫渡府治南路粤莊則率衆先迎稱爲義民粤莊在臺能爲功首亦爲罪魁今始事謀亂者既已伏誅則義民中或可分别録用以褒向義加以嚴行保甲勤宣
聖諭使食毛踐土之衆一其耳目齊其心志則粤民皆良民也何以禁爲（理臺末議）

船政

脩造哨船工料

大吉木（長七丈餘圍五尺餘）中吉木（長六丈餘圍四尺餘）浮溪木（長五丈餘圍三尺餘俱杉木名）高洋木（杉木之畧小者）桅𣏌　龍骨（每船頭尾中共三節長短配桅之丈尺係松木所製）大桅（趕繒長八丈五六尺圍七八尺篷船長六丈圍五六尺不等按艚之長短配用）頭桅（趕繒長六丈餘圍四尺八九寸篷艚內有攻造加長加潤桅長五丈餘圍三尺七八寸俱照船身長短配用）

大艙　小艙　大小風篷　大小桅餅（大木圈或十餘或數箇用套大桅便於起篷）大小無底升（亦木圈風篷掛於桅上用木圈以動之趕繒一千三百箇雙篷艚七八百箇）樟槺頭　槺座　大桅座　頭桅座（頭尾）托浪板

斗蓋　水櫃　頭禁水（鑲船頭木）尾禁水（鑲船尾木）上金（尾樓邊高起木）下金（在船尾水內用以拴桅）招（船頂上招子便於頭起也）撐面（艙蓋扛罩直木艙口此木自官廳口起至大桅兜止所罩艙之橕蓋俱扛於此故名隅艙板木乃横貫木也在大桅處名曰含檣又曰槺頭在各艙則名堵經）披枋（杉木板隔船兩邊水）笨枋（船頂板在棚枋之下）戰　占櫃（鋪官）

（驪頂蓋）覆竹（船兩旁所釘樟木）車戰棚（杉木板亜鋪笨枋上）車耳（扯篷起碇繚縛於此）

㯝仔（水蛇下灣木）繚牛（繫大篷脚繚）灣極　直極　頭尾八字極

（俱樟木用以鑲船）屈手極（媽祖堂前兩灣樟木大趕繒用雙篷船無）番人耳（船頭木）頭

含檀（樹頭梔木）大含檀（樹大梔木凡船身長濶蒲漢字號俱於此印烙）大轉水（附大含檀）

（木）含檀鞋（削成方木鑲含檀內）木裏鞋（鑲梔座內方木）轉水鞋（船梢上兩邊方木）

車檣（扯篷起碇絞棍木）大鹿耳（夾大梔木）頭鹿耳（夾頭梔木）夾車檣（靠車大棍）

金檣（下金木棍）（內）軟箸（船尾中間鑲木用以夾舵）艄椽（放艄架竹艄床）一上下秤

（桅風篷木頭尾在上者名上秤在下者名下秤）尾芽樑（船尾柱）通樑（艄口上木）下株樑

（船木）底舵牙（夾舵木）水蛇　猴檣　桅豬（見下）鐵釘（趕繒一千八百斤篷）

（艍七百觔）茅鐵（四五百觔）槤藤（十觔）張篷水藤（白餘觔）黃麻（爲繩繚之用其名有）

（大律繚小律繚篷踏繚小跕繚大繚毋小繚毋大千觔墜小千觔墜篷尾弔小篷尾弔雞貫流浪繚之屬）樓

（亦爲繩繚之用其名有篷頭根篷尾根舵弔虎尾碇奴碇繚橺尾腰邊秦出尾秦之屬二項趕繒一千數百觔）

（篷艍八九百觔）篾碇繚（二條每條篾三擔草四擔）桐油（趕繒一千五百觔篷艍五六百觔每油百）

（觔配灰三百觔釘一百觔網紗一百觔）網紗（破魚網煉入油灰內用以補縫）灰　草餅（舂灰）

（用）炭（千二百觔至千八百觔）勒肚（拴舵繚台船底貫於碇前結緊舵乃得有力水淺放去鬆便可）

（懸起）杉板船　尾樓燈　金鼓各一其餘顏料旗布匠役

工價大脩小脩爲數不等

附考

凡大吉木中吉木浮溪木高洋本桅碇龍骨大桅頭桅

大艙小艙松板（作樑頭砲架并鋸作將路用）欆苓竹（篷上用有大小二種）檬榜

（係柯木榜大桅用）連轉木（做篷碇等車并開板做桅用係杉木長二丈三尺圍三四尺不等頭尾如）

（一並無粗細）松筒（對鋸開作龍骨三節）各項產自省城委員採辦鐵釘

茅鐵桐油山城板（係小杉木鋸開鋪艙并猫狸內墊板用）網紗樹藤尾樓燈旗布顏料鑼鼓大小風篷無底升桅餅槳各項產自漳州商人採買其餘各項雖產臺屬地近生番深山溪澗挽運維艱（舊志）

臺海使槎錄云臺澎各標營船初俱分派通省內地廳員脩造康熙三十四年改歸內地州縣其尚可脩整而不堪駕駛者內地之員辦運工料赴臺興脩迨按糧議派臺屬三縣亦分脩數隻此非偏庇臺屬以內地各廠員多力分工料俱便不煩運載可以尅期報竣後定在近道府監脩統計閩省船隻勻派通省道府乃將臺澎九十八船內派臺灣道府各十八隻餘俱派入內地既而仍歸內地脩造惟朽爛而不堪駕駛者留臺脩補至康熙四十四五年間仍俱改歸臺屬而派府船數倍於道令其與福州府分脩議於部價津貼運費外每船捐貼百五十金續交鹽糧廳代脩其半道鎮協營廳縣共襄厥事迨後專責知府并將道船亦歸於府雍正三年兩江總督查弼納題准設立總廠於通達江湖之所百貨聚集鳩工辦料均屬省便每年派道員監督額銀脩造再派副將或叅將一員公同監視務節浮費均歸實用部價不敷銀兩歷來州縣協貼仍應如舊復經總督滿保會題將臺澎戰船九十八隻於臺灣設廠委令臺道臺協監督脩造於是各船盡歸臺廠而道協之

責任獨重矣同上

余所坐海船桅木之值數百金柁師云得之外域者任重當風不稍屈曲長可八丈通身無節名打馬木明監察御史路振飛按閩摘畧云崇禎六年遣戶科給事中杜三策行人司司正楊掄册封琉球先期採木造舟大桅屢求未獲嗣於寧化縣方得應用獨鐵力木柁產自廣南差官採買回大鵬所被賊焚刼復支銀五百五十兩前往海澄縣採買二門運到副用云云今鹽木柁尚值數十金亦廣南所產赤嵌筆談

每船載杉板船一隻以便登岸出入悉於舟側名水仙門碇凡三正碇副碇三碇正碇一名將軍碇不輕下入水數十丈椶藤草三緪約值五十金寄碇先用鉛錘試水深淺繩六七十丈繩盡猶不至底則不敢寄鉛錘之末塗以牛油沾起沙泥柁師輒能辨至某處有占風望向者緣篷桅繩而上登眺盤旋了無怖畏名曰亞班上同

南北通商每船出海一名船主柁工一名亞班一名大繚一名頭碇一名司杉板船一名總鋪一名水手二十餘名或十餘名通販外國船主一名財副一名司貨物錢財總捍一名分理事件火長一正一副掌船中更漏及駛船針路亞班柁工各一正一副大繚二繚各一管船中繚繚一碇二碇各一司碇一遷二遷三遷各一司桅繚杉板船一杉板及頭繚押工一名脩

理船中器物撑庫一名清理船艙香公一名朝夕焚香
楮祀神總鋪一名司火食水手數十名同上
海船按十二支命名船頭邊板曰鼠橋後兩邊欄曰牛
欄柁繩曰虎尾繫碇繩木曰兔耳船底大木曰龍骨兩
邊另釘灣杉木曰水蛇蓬繫繩板曰馬臉船頭橫覆板
插兩角曰羊角鑲龍骨木曰猴楦桅桅蓬繩曰雞冠抱
碇繩木曰狗牙壯桅脚杉木段曰桅猪同上
凡商漁船往崇爻社販賣番貨乾隆二十　年示禁如
有藉端越販照偷越番境例從重治罪其社丁應納番
餉責成通事由陸路輸納

續修臺灣府志卷十一終

續修臺灣府志卷十二

欽命巡視臺灣朝議大夫戶科給事中紀錄三次六十七　同修
欽命巡視臺灣朝議大夫雲南道監察御史加一級紀錄三次范　咸
分巡臺灣道兼提督學政覺羅四明
臺　灣　府　知　府余文儀　續修

人物　進士　舉人　鄉貢　例貢　武進士　武舉
　　列傳　列女　流寓

邱文莊破瓊山之荒海忠介繫中州之望地以人傳何論絕島臺屹處海洋鑿天菁嶺求其青編夙汗者不少概見自歸
國朝版圖聲教遠訖易狉獉以文明科名後先輝映其間現行奇節閨門閭巷代不乏人以至間關棲止亦

萃名流則勿謂蜑烟蜃雨間佳氣蜿蜒鮮所鍾靈也若乃沐久道之化成涵育蒸濡當必有植名教而開風氣者挺然傑出為第一流人則採風者有臯望焉

志人物

進士

乾隆四年巡視臺灣御史諾穆布等奏請會試之期臺郡士子照鄉試例於福省中額內編臺字號取中一名部　議臺郡士子來京十名以上再行奏　聞恭請　欽定

乾隆二十二年丁丑蔡以臺榜

王克捷　諸羅附生

舉人

康熙二十六年福省提督張雲翼奏准臺灣於閩省鄉試另編字號額中一名三十六年總督郭世隆奏准撤去另號通省一體勻中雍正七年巡察臺灣兼理學政御史夏之芳奏准臺灣貢監生員仍照舊例另編臺字號于閩省中額內取中一名雍正十三年巡撫盧焯奏准於本省解額之

外不論何經加增臺灣中額一名乾隆元年巡撫
盧焯奏准恩科福建加三十名內臺灣於原額外
外加中一名

康熙二十六年丁卯蕭宏樑榜

蘇　峩鳳山附生

二十九年庚午潘金鹵榜

邑星燦鳳山附生

三十二年癸酉鄭基生榜

王　璋府學附生有傳

三十五年丙子余正健榜

王際慧鳳山附生龍溪教諭

四十四年乙酉施鴻綸榜

王茂立臺灣附生龍巖教諭

五十年辛卯許斗榜

楊阿捷府學附生惠安教諭　王錫祺諸羅附生

五十二年癸巳江日昇榜

楊朝宗臺灣附生

五十三年甲午林廷選榜

陳　飛臺灣附生本姓張

雍正元年癸卯廖學信榜

王世臣府學附生本姓陳

四年丙午吳士拔榜

莊飛鵬府學附生

七年巳酉陛祖新榜

陳文苑鳳山拔貢

十年壬子葉有詞榜

廖殿魁鳳山拔貢

十三年乙卯黃元寬榜

陳邦傑府學拔貢　石國球臺灣附生

乾隆元年丙辰蔡雲從榜

張岳府學附生　蔡朝英臺灣附生

李樹滋鳳山廩生

三年戊午出科聯榜

陳輝臺灣增生　王賓臺灣廩生

六年辛酉邱鵬飛榜

陳連榜府學附生　李如松鳳山廩生

九年甲子朱仕琇榜

張簡拔諸羅增生　黃師琬彰化廩生

十二年丁卯黃元吉榜

陳名標府學生　林番芳臺灣生

十五年庚午藍彩琳榜

林大鵬府學生　卓肇昌鳳山拔貢

十七年壬申蔡廷芳榜

林昂霄府學生　唐謙鳳山生

十八年癸酉駱天衢榜

謝其仁鳳山生　王克捷見進士

二十一年丙子楊鳳騰榜

穆帝賚府學生　莊文進鳳山生

二十四年己卯孟超然榜

楊對時府學廩生　白紫雲彰化附生

二十五年庚辰張克綏榜

尤廷封府學廩生　張源仁府學生

二十七年壬午賴濤榜

蔡霞舉臺灣生　張源德臺灣歲貢

鄉貢

康熙二十七年

王　喜府學手輯臺志舊志創始多採其語

二十八年

陳天機府學　王　弼臺灣松溪訓導康熙三十四年分脩郡志

曾聯鑣鳳山　蒲世趾諸羅古田教諭

二十九年

吳　蕖府學

三十年

蔡復旦府學閩清訓導　馮崑玉臺灣壽寧訓導

黃　巍鳳山康熙三十四年分脩郡志　周　盛諸羅

三十一年

陳　瀾府學

三十二年

蘇知宜府學十八年分係諸羅志　陳逸臺灣福安訓導康熙三十四年分係郡志五

何則鳴鳳山

馬廷對諸羅南安訓導康熙三十四年分係郡志四十三年董建諸羅學官

三十三年

莊一爛府學延平訓導

三十四年

柳夢和府學龍巖訓導陞沙縣教諭　鄭夢達臺灣永福訓導康熙三十四年分係郡志

蔡邦彥鳳山寧洋訓導　許汝舟諸羅壽寧訓導

三十五年

王日登府學泰寧訓導

三十六年是年恩拔歲並舉行

鄭光基府學恩　鄭國對臺灣恩

郭允豪鳳山恩　盧賢諸羅恩康熙三十四年分係郡志

蘇一鳴府學　黃佐思府學拔原籍閩縣其孫元寬雍正乙卯科解元

郭光萃府學拔

陳紹美臺灣　王聯魁臺灣拔

梁六善鳳山閩縣訓導　施世榜鳳山拔壽寧教諭陞兵馬副指揮

林中柱諸羅　楊以仁諸羅拔

三十七年

黃元偉府學尤溪訓導陞尤溪教諭

三十八年

張　銓 府學歸化訓導康熙三十四年分脩郡志

辜南金 臺灣　　張　祚 鳳山南平訓導

薛維英 諸羅

三十九年

蔡愷蘭 府學

四十年

許士騏 府學　　林虞艮 臺灣

王蕙岡 鳳山　　林中騋 諸羅

四十一年

陳道南 府學長泰訓導

四十二年

陳騰祥 府學　　陳尚最 臺灣寧洋訓導

葉朝弘 鳳山　　方宗偉 諸羅

四十三年

江　琳 府學莆田訓導

四十四年

葉　斯 府學武平訓導　　施　瑋 臺灣侯官訓導

李爲澤 鳳山　　陳　誌 諸羅福清訓導

四十五年

林彥英 府學大田訓導

四十六年

陳文達 府學康熙三十四年分脩郡志五十八年分脩臺鳳二邑志

顏我揚臺灣歸化訓導　鄭其炳鳳山

吳一鳴諸羅

四十七年

胡　琛府學恩　林萃岡府學興化訓導

陳聖彪戊子副榜

四十八年

葉道坦府學訓導　郭必捷臺灣寧洋訓導

陳宗達鳳山　林　濬諸羅

四十九年

蔡光座府學長汀訓導

五十年

張應時府學沙縣訓導　張纘緒臺灣同安教諭

呂世昂鳳山　蘇克纘諸羅崇安訓導

許宗岱辛卯副榜代州州判

五十一年

許　岡府學泰寧訓導

五十二年

洪登瀛府學恩羅源教諭　林　璲臺灣恩永福教諭

鄭應球鳳山恩　林中梅諸羅恩

蔡振聲府學長樂訓導　蔡夢弼臺灣

吳臺成鳳山　洪成度諸羅

五十三年

蔡應新 府學

五十四年

蔡邦俊 府學長汀訓導　金繼美 臺灣康熙三十四年分脩郡志

鄭其灼 鳳山長泰訓導　鄭隆彤 諸羅南平訓導

五十五年

董大章 府學

五十六年

楊文定 府學　張天佐 臺灣

蔡騣聲 鳳山　許琇 諸羅閩清訓導

王元輝 丁酉副榜

五十七年

粘敏求 府學

五十八年

劉棠袞 府學　陳鵬南 臺灣連江訓導

蔡纘烈 諸羅光澤訓導

五十九年

鄭基岳 府學

六十年

黃必第 府學　石鍾英 臺灣

李欽文 鳳山南靖訓導康熙五十八年分脩臺鳳諸三邑志

莊特達 諸羅

六十一年

辜　經府學恩　孫文振府學

雍正元年是年恩拔歲並舉行

張從政臺灣恩揀選州判　詹　㨗鳳山恩

陳濬發諸羅恩　李清時府學

謝飛鵬府學附拔本姓陳　陳洪言府學附拔

洪大初臺灣　石雲路臺灣附拔

張開銑鳳山　陳文苑鳳山附拔己酉中式

陳檜堂諸羅　林中萊諸羅附拔揀選州判本姓馬

二年

薛　烈府學本姓王

三年

陳鵬飛府學　顏宗文臺灣

許士麗鳳山　歐陽達諸羅

四年

鄭國慶府學

五年

葉其蒼府學　洪亦纓臺灣本姓李

林起鵬鳳山　洪　績諸羅本姓陳

六年

陳雲從府學

七年

吳滋爍府學本姓陳　陳邦傑府學廩拔乙卯中式

張方升府學廩拔　李棲鳳臺灣
洪際春鳳山　廖殿魁鳳山廩拔壬子中式是年拔三人
陳　慧諸羅分脩諸羅縣志
八年
陳杳元府學
九年
黃名臣府學　林長春臺灣
王鳳池鳳山　陳必第諸羅
十年
張士箱府學漳州訓導康熙五十九年分脩臺灣縣志
十一年

柯德玉府學　余　脩臺灣
施士爆鳳山典化訓導　許明健諸羅
十二年
王思典府學　林邦彩府學廩拔
黃　佺臺灣廩拔乾隆元年揀選以州判用　陳王選鳳山附拔
蔡開春諸羅廩拔是年拔四人
十三年
劉元相府學　余奇鄉臺灣
張好瑛鳳山恩　陳任文諸羅恩
謝國球府學　王邦俊臺灣
陳　璿鳳山　林諸冠諸羅

乾隆元年

陳　奎 府學

二年

黄之猷 府學本姓袁　郭朝宗 臺灣

李樹喬 鳳山　陳褒和 諸羅

三年

許元珪 府學

四年

陳雲龍 府學　楊廷棟 臺灣

楊清時 鳳山　周口燦 諸羅

五年

王大猷 府學　黄繼業 府學廩拔

蔡　培 府學增拔　施士膺 臺灣廩拔

卓肇昌 鳳山廩拔　林玉書 諸羅廩拔

丁鳴韮 彰化廩拔

六年

范學洙 府學　楊邦望 臺灣

林　皐 鳳山　顔仲鳳 諸羅

鄭聯芳 辛酉副榜

七年

林名世 府學

八年

蔡鍾岳府學　林日高臺灣
吳際元鳳山　金鳴鳳諸羅
九年
王立新府學
十二年
朱芾府學　蕭翼宸臺灣
陳雲從鳳山　許廷輔諸羅
十三年
楊文樹府學
十四年
黃皤然府學　盧昌裔臺灣

黃際春鳳山　林作哲諸羅
張作雨彰化
十五年
蕭元光府學恩　張惠廸臺灣恩
盧德昌鳳山恩　吳元琛諸羅恩
劉克敬彰化恩　楊俊府學
十六年
陳鴻倫府學恩　陳紹黃臺灣恩
董作楫鳳山恩　方員諸羅恩
蔡思衍彰化恩　林棲鳳府學
呂崑玉臺灣　謝元音鳳山

陳三英諸羅

十七年

林有鳳府學

十八年

錢元起府學拔考授州判　張花春諸羅拔

吳南輝彰化拔　楊廷英府學

侯世輝臺灣　蕭有文鳳山

賴繼熙諸羅　陳元訓彰化

十九年

王化成府學

二十年

郭世標府學　方達聖臺灣

楊鳴鳳鳳山　林河清諸羅

二十一年

朱瑞麟府學

二十二年

王廷瑜府學　吳元臺灣

許學周鳳山　王夢鯉諸羅

張登第彰化

二十三年

游楚材府學

二十四年

陳林錦府學　張源德臺灣
錢　鑄鳳山　歐陽駉諸羅
二十五年
呂日臣府學
二十六年
簡國柱府學　林起廉臺灣恩
林鵬舉鳳山恩　郭元善諸羅恩
謝錫名彰化恩　江中起府學
徐廷琬臺灣恩　周連璧鳳山
許殿輔諸羅　陳　權彰化
二十七年

陳志魁府學
例貢雍正二年以後例貢非由廩生者不得以教職用現任教職俱罷去
吳元之歸化訓導呈請終養　林廷芳沙縣訓導
李士敏延平訓導　陳君錫
張方高建寧縣訓導　張道昇俱廩
王鳳來漳平訓導陞開州府同知刑部員外郎陞懷慶知府
王　純上杭訓導陞廬州同知刑部員外　吳振經訓導陞開封府同知署開封府知府
林長盛　盧芳型
黃師韓　施士安
李國禎　郭邦英
陳國棟　鄭勳業

陳應魁　劉榮遴
傅汝梅　李霽
李桃　林懷西
王麟　林其費泰寧訓導
饒嗣珍大田訓導　廖中起
李廷撰　陳焜
陳汝楫　王應選
蔡文達　林懷瑾
李明廷　陳附栢本姓林
鄭應提　王朝鈔
王艮佐　黃振昌
陳奇典　陳應光
丁宸　鄭大樞
陳方升　江日照
石國珠　黃國英俱用州同
黃長青　董廷英
施士成　吳振統
吳振綸　李朝璽
蔡必照　蔡壯器
陳天明　陳鳴鸞俱由附生
蔡維新由增生　李明選由監生以上俱乾隆十年舊誌
李鳳飛　蘇廷揚

陳廷標　許聯璧
李朝瑜　蔡大勳
陳文英　陳文煥
鄭光永　俞成沛
陳文炳　侯錫麟
許應元　陳元龍
李鍾彩　黃為翰
施嘉春以上俱府學附生　翁昌齡
張方大　李朝柱
蔣士賢　吳莊敬
徐仰高　陳廷藩
詹學魁附生　陳毓秀以上俱臺灣人
高其祥附生　吳一尊
吳起宗俱由附生　黃璜勺
高如山附生　傅升元廩生
王懋德附生　廖殿萃附生
施國賢廩生　陳正春增生
廖殿丞附生　吳　因附生
佘世道廩生　施士範
吳　可附生以上俱鳳山人　張名佑
魏鳴玉俱由附生　蔡壯猷
陳志先　張維朝卽用州同

方大實　翁雲寛卽用州同
葉瑺玉卽用州同　陳文英
陳日茂俱由附生　林振魁
許巽元　蔡大勲附生
李聯拔　陳世綸
張國棟　蔡維韓
章振香附生　陳鳳池
蔡壯聘卽用州同　陳廷標附生
葉廷揚　林國富
黃光岳　吳瀛海
翁雲高　薛文琛

郭煥祥　林飛鳳
蕭光赫附生　薛登選
蔡必懋　劉毓奇
鄧耀國　葉大經附生
江冑萬以上俱諸羅人　黃璧附生
吳洛　郭大通附生
蔡宗岳　王化成
顏冑玉俱由附生　蕭復旦
楊志申以上俱彰化人

武進士

康熙三十三年甲戌

阮洪義 聯捷

四十五年丙戌

葉宏楨 聯捷

四十八年己丑

柯參天

五十一年壬辰

林大瑜 聯捷

五十二年癸巳

許　瑜 侍衛授鎮標中營遊擊轉延平府遊擊

五十七年戊戌

范學海 甲辰殿試授山東兗州壽張營中軍守備署本營遊擊雍正十一年以母老病請假終養

乾隆四年己未

蔡莊鷹 侍衛五年請假省親卒於姑蘇旅次

武舉

康熙二十九年庚午

林逢秋 鳳山

三十二年癸酉

阮洪義 臺灣

三十五年丙子

許儀鳳

三十八年己卯

王之彪 臺灣

四十一年壬午

陳進元府學　王　臣

洪國珠俱臺灣　吳有聲

曾國翰俱鳳山

四十四年乙酉

葉宏楨　洪奇英

黃繼捷　黃應魁

施世嶽俱府學　李清運

蔡志雅　蕭鳳來

黃　彩俱臺灣　柯參天

張化龍俱鳳山　許　瑜諸羅

四十七年戊子

吳朝佐府學　薛寶琳

周良佐　許兆昌俱臺灣

蔡一聰　蔡朝鳳

翁士俊　謝希元俱鳳山

許　興諸羅

五十年辛卯

林大瑜府學　林　培府學

陳士成臺灣　顏士駿鳳山

余立贊諸羅本姓蔡

五十二年癸巳

黃廷魁臺灣　林中穎諸羅

五十三年甲午

王元功府學　洪壯猷諸羅

蘓學海諸羅　曾天璽府學文生

許宗威　蘇時亨俱臺灣

五十六年丁酉

王楨鎬解元本姓李　范學海亞魁

李明德　黃彥彰俱臺灣

趙奇遇　李行可俱鳳山

洪奇猷諸羅

五十九年庚子

汪玉潤府學　曾英傑

蕭鳳求俱臺灣

雍正元年癸卯恩科

蔡聯芳　洪秉奕俱府學

李朝龍鳳山文生

二年甲辰

劉大瓊府學　施世爵臺灣

四年丙辰

楊逢春臺灣

十年壬子

鄭和泰鳳山　張光國諸羅

劉長青彰化

十三年乙卯

許志剛臺灣　蕭維豫鳳山文生

黃紹輝諸羅　顏振雲彰化

乾隆元年丙辰

吳志超府學　蔡莊鷹府學

韓克昌文生　邱世質諸羅

二年戊午

范學山府學　林日茂府學

王振業臺灣　許日文鳳山

歐陽谷諸羅　林長春彰化

六年辛酉

許大勳府學　吳景福彰化

十二年丁卯

姚天敏府學　陳天拱彰化

十五年庚午

陳廷魁府學　蔡青海府學

張超倫府學

十七年壬申　恩科

鄭鴻善府學　莊　英府學

十八年癸酉

陳廷光鳳山

二十四年己卯

金　英府學　　張國棟府學

二十五年庚辰　恩科

黄國樑府學　　黄廷英府學

列傳

蕭明燦隸籍臺灣本泉之安海人生踰歲而孤順治十一年僞鄭掠泉州明燦甫五歲與母林氏相失號泣道左其叔祖某攜之至臺以爲巳子迨明燦稍長始稔遭寇失母之故行求內地不獲積有年所最後與家人訣誓不見母不復生還繼遇延平族人知其母依倚以居歡迎以歸備極孝養人比之朱壽昌云明燦子鳳來鳳求並舉武鄉試

王璋字昂伯臺灣人康熙癸酉舉人三十四年分脩臺灣郡志初爲雲南宜良令潔巳愛民丁母艱百姓數千籲留於雲撫璋素服從間道旋家服闋起知湖廣房縣尋陞主事遷監察御史卒於官

陳遠致字子靜平和人康熙二十二年以軍功署叅將協贊水師提督施琅平臺衝鋒陷陣攻克澎湖前後賞銀一千三百平臺後留遠致安揷居民將所給銀兩募佃開墾田園二萬餘畝陞左都督管臺灣鎮標左營遊擊事給拖沙喇哈番紀錄功二次尋陞瑞安副將
陛見以年老准原品休致子應橙天村六十年隨征平臺

一貴功加署都司由把總累陞守備

吳振生臺灣人勇於爲善郡治有十二街爲通衢振生出巳貲悉砌以石至今行人便之其子有聲康熙壬午舉武鄉試

林黃彩字元質臺灣人有智力康熙六十年朱一貴作亂制府滿保移駐廈門彩走興化具陳平臺策制府令隨大軍征討事平以把總陞守備累陞廈門遊擊十一年隨征大甲西以功擢叅將尋遷澄海副將署碣石總兵卒於官父裒昌年八十餘受封本爲良醫雅好施藥不受謝能力行善事云

黃會榮字煥文臺灣人初爲諸生棄而從戎補把總陞千總臺廈道陳瓆嘗命往上淡水捕鄭盡心榮至則相山川形勢繪圖以進請於其地設一營後瓆陞偏沅巡撫特疏薦榮奉
旨記名旣而調撫福建遂與總督滿保合疏請添設淡水營以榮爲本營都司相度營地創盖兵房經理三月而竣以積勞卒於官

陳友臺灣人生長海濱熟悉水務六十年水師提督施世驃統舟師五百餘艘征臺令先駕小舟鹿耳門插鏢爲嚮道臺平後上其功受把總累陞至金門鎮標遊擊

王作與安平人諳熟水務六十年提督施世驃征臺作與泅水至鹿耳門插標引大師進港以功加署都司僉書

授把總累陞南澳遊擊乾隆四年調安平中營卒於官

郭張文臺灣人素嫻弓馬由把總陞陸路提標千總六十年朱一貴竊發總督滿保擬隨叅將林政征臺數進勦賊卒於軍

黄廣諸羅人事母孝雍正八年居屋遭回禄廣與母妻俱出走惟小妹在内母憐女復反廣懼急隨入救母妻慮夫同焚力挽止廣廣輒推妻於港遂與母同死火中妻爲舟人急拯得不死痛姑與夫俱喪仍投港復爲鄉人救甦有司給銀優恤之

黄仕俊字子慶臺灣監生誠心好善康熙五十七年旱米價騰湧仕俊出粟二千五百石分四坊以賑存活甚多

又嘗建橋梁施棺木置圍地爲義塚其子貢生應魁復出鏹四百請脩臺灣縣學 文廟亦能繼行善事云

施世榜字文標鳳山拔貢生樂善好施閭黨姻族貧者多所周卹嘗建敬聖樓於南門外以拾字紙由壽寧教諭授兵馬司副指揮令長子貢生士安捐貲二百兩脩葺鳳邑 文廟又置田千畝充海東書院膏火令五子拔貢生士膺捐社倉穀一千石皆其義行也

陳鵬南字雲噐臺灣人篤志力行與兄定國安國柱國四世同居家百餘口無閒言雍正十年以歲貢司訓連江除陋規勤考課與諸生論文必以實踐爲諄諄乾隆二年連邑風災 文廟傾圮竭力脩建費

白鏹二千四百餘又採買穀石平糶貧士及開河輸銀六百兩制撫上其事奉

旨加一級

黃孟深其先龍溪人幼隨父瑞章至臺諸羅伯兄與季弟蚤歿孟深撫姪如己子男女四十人同居合爨以耕讀爲業人無閒言又有王求李次者亦諸羅人四世同居先後有司皆旌其行

黃國英字遜卿鳳山貢生淡水都司曾棨子也世居臺邑少穎異好施予有求輒應戚屬貧乏者月給銀米以贍之雍正七年佐郡守倪象愷建郡署咄嗟立辦三月而落成人皆善之鹽水港淤塞英有龍溝潭莊西楝榔墘

截其半更換千金別濬一港以濟舟楫仍增置營房請於總鎮王郡撥兵防守至今便之以州同卸用卒於漳

侯瑞珍臺灣人性淳厚少孤善事母舉鄉飲大賓母終時珍年六十六廬於墓側子孫多入庠食餼庭無閒言

林公業字永秀臺灣人居家孝友性質直善爲人排難解紛凡閭里有不平事輒質之眾稱曰林公道子大俊舉鄉飲賓時以耆德與鄉飲賓者楊敬瑞曾潛龍林爲楝等俱臺灣人蘇天祿簡思和賴斌臣等俱鳳山人黃經魏永芳魏文忠沈玉珍張彬章等俱諸羅人李文煥彰化人

列女

鄭氏鄭斌女配續順公洸瑞辛酉傳爲霖反間諜洩株連及瑞因其眷屬獨氏發歸氏泣謂父曰兒既適洸生死與共今罹重禍兒安可獨生願遣兒同繫斌從其請囑之別室及瑞將縊使人持一帶別氏氏自結繯其弟泣挽之氏曰生爲洸家人死爲洸家鬼姊從此辭矣遂投繯死

黃氏棄娘臺灣人黃堂壯女年十九適僞賓客司傅爲霖次子璇爲霖以反間諜洩父子俱罹極刑家屬發配氏兄銓爲氏營救得免方璇之被繫也氏猶日望其生及父子遇害遂決意身殉其兄多方慰之氏泣曰今日之事子爲父死妻爲夫亡於理甚順妹復何憾遂自縊聞者哀之

臺灣府志 卷十二 列女 三六

陳氏鄭克𡒉妻陳永華女少知書守禮克𡒉者鄭經螟蛉子也經西寇委政於永華請立克𡒉爲監國經敗東還永華亦歿卽以國事付克𡒉無何經病亡諸弟於喪次揚言曰彼非鄭氏子孰肯爲之下環訴於經母董氏董氏命幽克𡒉收監國印克𡒉自縊死當克𡒉之被執也語陳曰事變矣恐不能相保陳曰夫在與在夫亡與亡無相負也董氏以永華故禮遇陳陳曰昔爲箕帚婦今爲罪人妻願出居待亡夫百日後卽從地下耳許之乃處陳別室置克𡒉柩其中旦暮哭奠既卒哭沐浴整衣縊於柩側與克𡒉合葬臺之武定里洲仔尾

鄭氏宜娘漳郡人年十八適臺邑謝燦燦遠賈三載始歸尋病卒氏朝夕號泣誓以死殉隣嫗慰之曰姑老家貧且無兄弟若何氏曰婦人從一而終余惟知從一之義耳遂投繯死僞天興州爲建坊表之卽今下寮港街貞節坊是也

阮氏蔭娘臺灣人年十六歸王尋居安平鎮未有出撫夫伯兄遺腹子備極鞠育已而夫歿其仲兄來哭殯畢氏請所撫姪爲夫立後許之遂欲自縊仲嫂急救且慰之曰叔死不可復生奴何自苦乃爾氏曰夫死誓不獨生得同歸願足矣仲使人防之密氏醉以酒卽嚴粧潔服從容就繯雍正五年祀節烈祠

郭氏益娘臺邑曾國妻年十八未有出國溺海死氏日夜哀哭誓不欲生已而白所親曰夫亡義不獨存願相從地下勸弗止遂自縊雍正五年旌表祀節烈祠

趙氏臺之鎮北坊人歸李宋年二十有二宋病侍藥不梳洗不解衣俄宋死氏哀慟悽慘誓與同穴廹卒哭遂自經死臺之士民高其節爭弔祭之雍正五年祀節烈祠

鄭氏月娘臺灣人哲光女年十九歸鳳山王曾儒逾年儒卒翁以貧故欲速楚月娘乞稍緩願死同穴翁囑鄰媪勸止之月娘曰夫病劇時吾以死許之矣義不可移投繯而死紳士競輓以詩知縣宋永清高其節親祭氏墳扁其廬曰百年今日盡宋輓詩有百年今日乾坤老之

句也雍正五年祀節烈祠

紀氏險娘臺灣人紀惠女少許字吳使年十八未嫁而使病氏聞之寢食俱廢壽使歿氏遂自經以殉夫家移使柩與紀合㘸武定里州仔尾雍正五年祀節烈祠

王氏德娘臺灣安平鎮人適楊軫軫捕魚溺水死氏年二十二家惟老翁幼女將卒哭夜四鼓設祭筵哭奠畢即入房自縊林封君宸昌白協鎮張國拜而歛之宸昌及臺人士賦詩以輓有惜女憐翁盡節難之句蓋紀實也

王氏禿娘諸羅人歐預妻年二十適預逾年而預卒王氏哀毁悲號治喪盡禮既卒哭白內外諸親沐浴更衣自縊而死合㘸善化里北仔店雍正五年祀節烈祠

黃氏器娘黃勉女臺邑武定里人幼許陳越琪聞琪病即爲減饍祈禱迨琪死父母秘不與言氏密察得實遂自縊夫家舁琪柩與氏柩會於路合㘸魁斗山康熙六十一年旌表建坊十字街

莊氏珠娘臺灣人莊連女少許配陳景昭年十八未婚而景昭病故珠娘聞訃脫簪珥更素服家人慮其殉也防之密乃佯談笑越旬日入室自扃母呼寂然急破扉覩已投繯矣因附窆景昭墓右先是連有弟宗聘高氏金娘年十八未婚而宗卒金娘聞訃即剃髮爲尼又有妹勸娘未嫁以母病篤禱天割股和羹以進母食而愈即珠娘胞姑也人以爲節孝貞烈萃於莊氏一門詩以旌

者累卷帙焉

蔣氏北路叅將羅萬倉妾朱一貴之變賊犯諸羅城萬倉出與戰爲賊所殪氏見萬倉所乘馬逸歸署帶血曰吾夫其死矣遂自縊以殉事聞旌表祀節烈祠

袁氏順娘臺灣人袁權女年十六適曾定公甫六月而定公歿袁哀慟悽慘越七日白内外諸親自縊以殉合葬魁斗山西雍正五年　旌表祀節烈祠

林氏臺灣人辛純湯妻湯卒林年二十二無子撫其媵二子爲已子事姑孝姑病篤刲股和藥籲天減算以益姑壽病果痊延五年乃卒里閈稱爲辛孝婦雍正五年祀節烈祠

張氏臺灣人洪之延妻年十八歸洪生一女之延歿舅姑憐其年少使嫗微諷之氏曰吾所以不死者爲舅姑也於是勤紡績以給養冰操四十年如一日臺人稱其節孝焉雍正五年祀節烈祠

余氏臺灣人楊茂仁妻生子三而茂仁卒氏年二十二痛絶復甦環顧三子長者甫離襁褓幼者未滿二旬乃泣曰與其舍生以殉曷若撫孤存祀織紝度日茶苦自甘守節六十三歲而卒孫五人俱爲諸生

王氏諸羅人陳仲卿妻卿卒王年十九嫡早喪有遺孤子應選甫八歲王撫嫡子如所生延師課督應選長入泮

朱氏故明魯王女也幼聰慧知書工針黹適南安儒士鄭

哲飛生一男三女哲飛歿扶姑挈子女寄養父家父卒渡臺依寧靖王康熙癸亥我 師克澎湖寧靖王將自盡氏欲從死寧靖王以姑存子幼爲諭氏涕泣奉姑攜兒別居勤女紅恐飢養姑撫兒十餘年女嫁姑亡子繼歿遂持長齋孀居五十餘載冰操無玷年八十餘終

黃明娘鳳山人年十七歸金仁逃三年而仁卒無嗣夫舅尚幼恐死以養舅姑七載姑亡舅老且病氏奉養備至久而不懈舅亡氏壽病篤母家欲爲延醫氏却之曰吾不即從夫死而延此十載殘喘者爲舅姑也舅姑往矣吾何以生爲遂不藥而卒

陳氏莆田人歸鄭斌昇移家臺灣年十八而寡遺孤甫週

歲苦節勤女紅以資生撫其子至成立娶媳生孫遊郡庠雍正五年入節烈祠

蕭氏愛娘臺灣人武舉鳳求女少許配洪思齊未娶而思齊歿愛娘年十九矢志守節白其父歸洪養族子爲息十二年未嘗歸寧乾隆四年病卒合葬齊墳武定里

銀娘者黃聲集側室好官婢也聲集將終予好官百金令別嫁不從以其金養族人子爲嗣同銀娘撫之既所養子歿好官悲憤欲絕銀娘勸慰願服事終身遂各削髮持長齋念佛四十餘年好官卒銀娘亦尋死

林氏鷺江人年十六歸臺灣范文質姑性嚴急氏孝能得其歡二十五而文質歿僅遺六歲男學海已而夫之仲

弟夫婦繼歿子女皆幼氏撫育如巳出課督學海成進士授山東兖州壽張營守備後請假終養七載而氏卒年六十有四

蔡氏惜娘臺灣人陳邦棟妻年十九而邦棟卒時男甫週月氏哀慟誓不獨生舅姑苦勸諭以撫孤愈於死遂承命節哀勤紡績養舅姑撫孤子至成立閭里稱其節孝

劉氏尾娘臺灣人侯孟富妻生二男一女孟富卒氏年二十有八男女俱幼門無戚屬矢志守孤勤女紅以供衣食子瑞珍成立眼見五代孫年八十有五卒女罔娘適林妙妙早卒亦能完節劉苦操子瑞珍以孝稱女罔娘又以節著人以爲侯之門節孝存云

汪門雙節者彰化縣民汪家姑婦也姑劉氏婦余氏素慈孝雍正九年大甲西番作亂焚殺居民姑急告婦曰義不可辱當各爲計語畢遂自刎婦方抱姑尸而泣逆番猝至遂觸坦死乾隆三年 旌表勒碑縣東門

蔡氏偕娘臺灣人蔡丁女許張金生爲妻年二十五歲于歸甫五月而金生即卧病氏奉侍湯藥朝夕無倦容迨病危多方延醫調治願以身代目不交睫食不下咽者兩月乾隆九年三月初六日金生死氏泣謂其母曰兒上無姑嫜下無子嗣義不得獨生視殮畢即於是夜從容自縊死後顏色如生

番婦大南蠻諸羅目加溜灣社番大治賦妻生一男大治

賦死婦年二十願變番俗不更適人自耕以撫其男至五十六歲知縣陸鶴爲請旌奬

陳氏府治寧南坊人謝仕家妻年二十九守節持長齋以祈姑壽年五十九卒

陳氏府治西定坊人李朝珪妻年二十二夫死哭奠七日畢中夜整衣投繯姑救之甦因忍死孝以事姑撫子成立

王氏臺灣人兵部武選司員外郎鳳來胞妹太學生蔡朝麟妻年二十四朝麟卒遺三男一女夫弟朝熊方九歲氏勤苦撫養迄於成立姑臥病八載奉侍罔懈歷節四十餘載足不踰閫聲不出戶鄰里奉爲女宗

董氏府治寧南坊人千總郭張文妻張文隨征朱匪歿於軍室如懸磬爨火屢空氏忍饑寒茹冰蘗課子讀書人謂其有畫荻之風焉

林氏府治西定坊人鄭元妻年十九歸鄭甫二載元歿遺腹生男鞠養教訓列於成均

王氏金娘洪士珍妻年二十六守節卒年五十七

顏氏好娘林生妻居永寧里瀨口年二十三夫歿守節四十餘年

李氏性娘府治西定坊人吳來之妻歸吳逾年來之歿撫孤成立

黄氏合娘許配劉爻生未婚爻生歿合娘守貞養老母無

幼弟以老

吳氏府治東安坊人許配王晉光年十八未婚而晉光死氏請於父母赴夫家治喪復陳於翁請以晉光兄子爲嗣時尚未育後果得男紹琅撫之成立入泮

吕氏諧娘府治東安坊人年十八未許嫁里中惡少年戲之諧娘羞忿自盡知縣李閶權審擬遵例　旌表

洪氏臺灣西定坊人庠生洪珪女年十九適張光華生二子長四歲次週歲華殁氏年二十三矢志守節上事翁嫜下撫孤子長子元龍名振黌序苦節三十八載知縣陶紹景給匾額曰礪節全孤

黃氏鳳山學生李時燦妻年二十有三生子俊臣甫四歲

燦殁氏守節事姑盡孝撫養幼子俾成立凡孀居十五年乾隆十三年題　旌祀節烈祠

王氏挍娘鳳山竹橋莊人年十七歸夫黃研逾年研卒無嗣或勸別適氏曰婦人從一而終夫亡無子唯有一死無愧九原而已服三年喪將大祥告其姑與母曰我生不辰不能終媳婦之職報鞠育之恩忍死至今爲夫服耳今事畢矣於大祥日哭泣盡哀夜起梳洗投繯而絶

吳氏潔娘鳳山竹橋莊人年十八歸夫黃尚志尚志病劇語氏曰予病不起未有子嗣難以守節死後汝宜自計氏泣曰夫之不幸乃妾之不幸若果不起誓不獨生尋尚志卒家方治殮氏更素服潛出村外半里許投水死

黃氏明娘鳳山人年十九歸夫金仁越三年仁卒無嗣舅姑老且病氏奉養備至久而不懈尋舅姑相繼亡氏亦病篤人欲爲延醫氏郤之曰吾不從夫死者爲舅姑也今舅姑往矣吾何以生不藥卒聞者哀之

董氏鳳山興隆莊人儒士李鳳妻年二十鳳卒遺腹生男守節四十年事舅姑盡孝撫遺孤俾成立知縣鄒承垣贈匾節孝可風

成氏桂娘鳳山興隆莊人儒士黃忠妻家貧甚事舅姑以孝聞時姑病篤忠外出氏醫藥無計刲股肉以進姑卒不起送終盡禮鄰里知其事咸服其孝

曾氏妙娘鳳山興隆莊人儒士盧從妻從卒遺孤三歲家

貧困氏勤女紅撫養之俾成立事舅姑菽水盡歡後子奇遊郡庠鄰里稱其節孝

吳氏諸羅鹿仔草庄人陳振揚妻年十七于歸十八振揚卒生男甫數月氏矢志靡他事姑孝教子有義方守節三十六年知縣周芬斗詳請題 旌現祀節烈祠

嚴氏諸羅大坵田人趙越妻越外出氏抱子獨宿鄉里惡少年潛入欲汙之氏嚴斥之曰吾婦人義不可辱遂投繯自盡署知縣稽璇詳請題 旌

林氏彰化人翁昌齡妻年十七歸翁生二子昌齡卒氏矢志守節歷四十餘年姑歿送終盡禮撫二子皆成立乾隆十三年題 旌

流寓

前明寧靖王名術桂字天球別號一元子太祖九世孫遼王後長陽郡王次支也始授輔國將軍崇禎壬午流寇破荆州術桂偕惠王暨藩封宗室避湖中甲申京城陷莊烈帝殉社稷福王嗣立於建業術桂與長陽王入朝晉鎮國將軍令同長陽守浙之寧海縣乙酉夏浙西郡邑盡歸

國朝長陽率眷屬至閩中術桂尚留寧海而鄭遵謙從紹興迎魯王監國時傳長陽入閩存亡莫測監國封術桂爲長陽王鄭芝龍據閩又尊唐王爲帝　術桂奉表稱賀唐王亦如監國所封後聞其兄尚存已襲遼王術桂具疏請以長陽之號讓兄次子承之唐王不允改封寧靖仍依監國督方國安軍丙戌五月　大兵渡錢塘術桂乃涉曹娥江奔避寧海覓海艇出石浦監國亦由海門來會同至舟山十一月鄭彩率舟師北來因芝龍與唐王不洽知越州不守監國出奔故遣迎之術桂與監國乘舟南下歲杪抵廈門而芝龍已先歸命北行矣是時鄭鴻逵迎淮王於軍中請寧靖監其師合芝龍子成功兵攻圍泉州經月不下鴻逵乃載淮王與寧靖同至南澳値粵東故將李承棟奉桂王之子稱帝肇慶改元永歷寧靖因入揭陽永歷令居鴻逵師中月就所在地方支膳銀五十兩戊子春命督鴻逵成功師庚

寅冬粵事又潰辛卯春甯靖仍與鴻逵旋閩取金門及成功取臺灣寧靖輒東渡就竹滬墾田數十甲以贍朝哺旣而元妃羅氏卒遂塟焉戊午聞靖海將軍調集水軍樓船進討鄭氏諸臣燕雀處堂晏如也寧靖獨蒿目憂之常言臺灣有變我再無他往當以身殉癸亥六月大師克澎湖二十六日鄭兵敗回寧靖謂姬媵曰我之死期已至汝輩聽自便僉云王旣能全節妾等寧甘失身王生俱生王死俱死請先賜尺帛死隨王所寧靖曰善姬袁氏王氏或云蔡誤也媵妾秀姑梅姐荷姐俱冠笄被服同縊於堂寧靖乃大書曰自壬午流賊陷荆州攜家南下甲申避亂閩海總爲幾莖頭髮保全遺體遠潛

外國今四十餘年已六十有六歲時逢大難全髮冠裳而死不負高皇不負父母生事畢矣無愧無怍次日梓役舁主人柩至寧靖祠之撫他言但曰未時卽加翼善冠服四團龍袍束玉帶佩印綬將寧靖王麐鈕印送交鄭克塽拜辭天地祖宗耆士老幼俱入拜寧靖答拜又書絕命詞曰艱辛避海外總爲數莖髮於今事畢矣祖宗應容納書罷結帛於梁自經且曰我去矣遂絕衆扶之下顏色如生越十日塟於鳳山縣長治里竹滬與元妃合焉不封不樹妾媵五棺埋於魁斗山去其墓三十里時稱爲五烈墓寧靖無嗣繼益王裔宗位之子名儼鈐爲後時年七歲安置河南開封府杞縣

沈瑞襲封續順公鎮潮州其仲曰璉逆耿之變鄭經附之
經寇粤以瑞家屬及璉還臺居承康里經遇之厚妻以
鄭斌女辛酉傅爲霖謀叛鄭事覺被戮以瑞與謀因其
家屬璉告瑞曰我家蒙
國厚恩奈何受制於鄭宜早爲計瑞曰吾志决矣命璉結
繯畢瑞不能及璉扶之就繯璉拜於地瑞氣絶扶之下
亦自投繯瑞妻妾三人聞瑞死皆自盡有同母女弟年
十六聞之大慟曰一家俱亡留此無益也亦就繯死
王忠孝字愧兩泉之惠安人登明進士以戸部主事榷關
劾太監忤旨廷杖下獄後戍邊士卒千餘赴都門泣留
三年乃免國變家居杜門不出康熙三年偕盧若騰入

臺不圖宦達日與流寓諸人肆意詩酒作方外客居四
年卒
辜朝薦字在公粤之潮州揭陽人登明崇禎戊辰進士始
任江南安慶推官歷掌諫垣晋京卿與黄奇遇羅萬傑
郭之竒號爲四駿初棲浯島繼入臺卒生一子文麟長
回潮州登進士爲安溪令
沈佺期字雲又號復齋泉之南安人登明崇禎癸未進士
官右副都御史明亡絶意仕途後至厦門謝客嗣入臺
以醫藥濟人遇病輙療壬戌秋卒於臺
沈光文字文開號斯菴浙之鄞縣人文恭公一貫之族孫
也明副榜由工部郎中晋太僕少卿奉差廣東監軍順

治辛卯自潮州航海至金門總督李率泰聞其名陰使以書幣招之不赴後將入泉州舟過圍頭洋遇颶風飄至臺鄭成功以客禮見不署其官及經嗣尤文以賦寓諷幾罹不測乃變服爲僧入山旋於目加溜灣社教讀以醫藥活人及臺灣平文開與姚制府有舊將資遣回籍姚死竟不能歸因家焉所著有臺灣賦東海賦樣賦桐花芳草賦草木雜記卒葬於善化里東保

盧若騰字閑之同安人明進士莊烈召對稱旨授兵部主事疏劾督師楊嗣昌陞本部郎中兼總京衛武學三上疏劾定西侯蔣惟祿有惡其太直者外遷寧紹兵備道瀕行劾兵備陳國輿旣至浙興利革弊兩郡士民有盧

菩薩之謡鼎革後遯跡澎湖杜門著述詩文甚富

李茂春字正青漳之龍溪縣人登明末鄉薦富著述風神秀整跣足岸幘旁若無人居於臺之永康里題其茅亭曰夢蝶處日誦佛經自娛人稱李菩薩云卒葬新昌里

張士椰惠安人萬歷丙辰進士張鑛之孫八歲補弟子員登崇禎癸酉科副榜康熙十三年耿逆之變避難於浯厦漳澄之間二十八年遁跡來臺居於東安坊杜門不出持長齋焚香烹茗日以書史自娛飄然於世俗之外碎穀三年惟食茶果年九十九卒

張灝字爲三同安縣人由進士官兵部職方司郎中初隱於大嶝庚申自厦門至臺康熙癸亥施將軍擬舟送回

至澎湖病卒時年九十五矣

張瀛字洽五爲三之弟登壬午賢書未受職同其兄處大𡋯庚申自厦門至臺辛酉以病卒時年八十四

郁永河字滄浪浙江仁和諸生好遠游意興甚豪徧歷閩幕康熙丁丑以采磺來臺著稗海紀遊一書多摭拾臺中逸事所賦詩亦有可傳者

陳夢林字少林漳浦諸生性好學多從諸名士大夫遊諸羅令周鍾瑄脩縣志具書幣迎至臺總其成時朱逆兆未萌而夢林脩志憂深慮遠若預見其未然者其後叅藍總戎廷珍幕府爲計擒數巨魁其深沈多智畧如此見廷珍所爲東征志序

藍鼎元字玉霖漳浦諸生南澳總兵廷珍之族弟也長身美鬚髯善言論叅廷珍戎務指揮遊中要害決勝擒賊百不失一嘗羽檄交馳裁決如流倚馬立辦廷珍視若左右手所著平臺紀畧東征記並傳於時

續脩臺灣府志卷十二終

續脩臺灣府志卷十

欽命巡視臺灣朝議大夫戶科給事中紀錄二次六十七 同脩

欽命巡視臺灣朝議大夫雲南道監察御史加一級紀錄三次范 咸

分巡臺灣道兼提督學 政覺羅四明

臺 灣 府 知 府余文儀 續脩

風俗一

習尚 歲時 氣候 潮信 風信 占驗

臺陽僻在海外曠野平原明末閩人鄭視爲甌脫自鄭氏挈內地數萬人以來迨今閩之漳泉粵之潮惠相攜負耒率參錯寄居故風尚略同內郡我國家生聚教養六十年於茲雖題黒齒且習衣冠水土天時漸移風氣其何以進庶富之風成登仁讓哉是在操轉移之權者志風俗

習尚

臺灣府 山海秀結之區（海天玉尺編）壤平衍膏腴（春明夢餘錄）西北近海多平地可耕一乘及人民聚落以百數（海防志）其民五方雜處罕無一姓人[illegible]番喜酒好殺無冠履衣服之[illegible]無昏嫁喪葬之禮（蓉洲文稿）商旅輻輳器物流通（赤嵌筆談）饒稻豐稔千倉萬箱[illegible]內地所以戶鮮蓋藏（臺海使槎錄）

臺灣縣 臺地窄狹又迫郡邑開墾年久而地磽（縣志）每歲不能再熟（舊省志）民非土著（赤嵌筆談）俗尚華侈（縣志）五穀狼藉物貨畢充（理臺末議）男有耕而女無織以刺繡爲工（舊志）視疎

君親窮乏之疾苦相爲周恤（臺海使槎錄）

鳳山縣　平原沃野，有竹木果植之饒（縣志）。近水陂田可種早稻（赤嵌筆談）。治埤蓄洩灌溉，耕耨頗盡力作（使槎錄）。服賈則用舟楫，任載必需車牛（縣志）。由縣治南至金荊潭稍近喬野，自淡水溪以南，番漢雜居，客莊尤夥，好事輕生，健訟樂鬭（舊志）。

諸羅縣　土壤肥沃，種植後聽其自生，不事耘耔（赤嵌筆談）。好訾毀，喜鬭輕生（縣志）。衣飾僭侈，昏姻論財，其敝俗也（舊志）。兄弟同居，或至數世，鄰里詬誶片言解紛，通有無，濟緩急，失路之夫望門投止，鮮閉而不內者（縣志）。

彰化縣　邑新設未久，而願耕於野、願藏於市者四方紛至，故街衢巷陌漸有可觀，山海珍錯之物亦無不集，但價值稍昂，其風頗彷郡城（舊志）。

淡水廳　廳所屬爲竹塹、淡水二保，市廛漸興，人煙日盛。淡水內港，戶頗繁衍，風俗樸實，終年鮮鬭毆爭訟之事。所產稻穀獨賤，一切布帛器皿價貴數倍（舊志）。

澎湖廳　屹立巨浸中（海防考）。土瘠不宜禾稼，產胡麻、綠豆（元志）。居民以苫茅爲廬，畋漁爲業（海防考）。煮海爲鹽，釀秫爲酒，採魚蝦螺蛤以佐食，土商興販以廣利（元志）。布帛菽粟取資於臺（舊志）。

附考

昏禮倩媒送庚帖，三日內家中無事，然後合昏，間有設毁帶物者期必改卜納采簪珥綢帛別具大餅豚肴糖品之屬謂之禮盤無力者止煩親屬女眷送銀簪二名曰插簪子及弁送聘或番錢一百圓或八十六十四十圓綾綢數十疋以至數疋禮書二函則收一回一羊豕香燭彩花荖葉各收其半禮榔雙座以銀爲檳榔形每座四圓上鐫二姓合婚百年諧老八字收二姓合婚一座回百年諧老一座貧家則用乾檳榔以銀薄飾之福壽萬字糖或百餘圓或數十圓回以大餅其餘鹿筋鹿脯糖果留三四種各以稻穀麥豆置於盤內又回禮錫盆二如大桃式一植石榴一株用銀石榴三四顆及銀桂花數朵纏繞枝頭名曰榕桂一植蓮蕉花一株取連

招貴子之義土人蕉招同音此納幣之禮也親迎先期送擇日儀番錢或四十圓以至十二圓名曰乞日至期不論貴賤乘四人輿鳴金鼓吹彩旗前導親朋送燈少年子弟分隊擎執沿途點放爆竹婿至女家駐轎庭中連進酒食三次飲畢外弟携燕於轎前索爆竹婿隨取贈名曰舅子爆新人出廳拜祖先次拜父母父兄把酒三盞覆以手帕上轎粧奩同行豐儉不一花轎後懸竹篩上畫八卦到門新郎擎蓋新婦頭上三日廟見以次拜公姑伯叔嬸姆謂之拜茶是日外弟來名曰探房午讌新婦及外弟婦之父兄請而後至不輕造也四日或七日外父母請婿及女名曰旋家外家親屬婿各備贄

儀惟外弟納之飲畢壻偕新婦同歸五日外家再請諸親相陪名曰會親女先往壻近午始至飲畢壻回女留三日後始回冠笄或于親迎日或在數日前詩書之家女子既笄則居于房內不復外出常人則無論矣赤嵌筆談

喪禮七日內成服五旬延僧道禮佛焚金楮名曰做功果還庫錢俗謂人初生欠陰庫錢死必還之既畢除靈孝子卒哭謝弔客家貧或于年餘擇日做功果除靈小祥致祭如禮大祥竟有先三四月擇吉致祭除服此則悖禮之尤者若夫居喪朔望哭奠柩無久停則又風俗之美者矣同上

生辰爲紅麪食團彼此饋祝神佛誕日亦用以爲獻娶

婦之家親友製白麪餅或二十圓或十圓及簪珥肘酒爲賀同上

臺鮮聚族鳩金建祠宇凡同姓者皆與不必其同枝其派也祭于春仲秋仲之望又有祭于冬至者祭則張燈結彩作樂聚飲祠中盡日而罷常人祭于家則不然忌辰生辰有祭元宵有祭清明有祭或祭于墓中元祭除夕祭端午則薦角黍冬至則薦米圓泉人日中而祭漳人質明而祭泉人祭以品羞漳潮之人則有用三牲者此之謂祭祀之俗臺灣縣志

俗尚演劇凡寺廟佛誕擇數人以主其事名曰頭家斂金于境內演戲以慶鄉間亦然臺俗尚王醮三年一舉

取送瘟之義也附郭鄉村皆然境內之人鳩金造木舟設瘟王三座紙爲之延道士設醮或二日夜三日夜不等總以末日盛設筵席演戲名曰請王執事儼恪跪進酒食既畢將瘟王置船上凡百食物器用財寶無一不具送船入水順流揚帆以去或泊其岸則其鄉多厲必更禳之每一醮動費數百金省亦近百焉雖窮鄉僻壤莫敢惜者同上

俗尚巫疾病輒令禳之又有非僧非道名曰客子師攜一撮米往占病者謂之米卦稱說鬼神鄉人爲其所愚倩貼符行法而禱于神鼓角喧天竟夜而罷病未愈費已三五金矣同上

衣服不衷袴露衣衫外者曰龍擺尾襪不繫帶脫落足面者曰鳳點頭農夫輿隸雲履綢衫服勞任役殊不雅觀也臺海使槎錄

賣肉者吹角鎮日吹呼音甚淒楚冬來稻穀糖菁各邑輦致郡治車音脆薄如哀如訴時與吹角若相和然廣東志順德之容奇桂州黃連村吹角賣魚其北水古粉龍潴馬齊村則吹角賣肉相傳黃巢屯兵其地軍中爲市以角聲號召不知此于何起也同上

郡中缺舌鳥語全不可曉如劉呼澇陳呼淡莊呼曾張呼丟余與吳侍御兩姓吳呼作襖黃則無音厄影切更爲難省同上

臺人雖貧男不爲奴女不爲婢臧獲之輩俱從內地來此亦風之不多覯者臺灣縣志

臺郡東阻高山西臨大海雖沿海沙岍實平壤沃土但土性輕浮風起揚塵蔽天雨過流爲深溝然宜種植凡樹藝芃芃鬱茂稻米有粒大如豆者露重如雨旱歲遇夜轉潤又近海無潦患秋成納稼倍內地更產糖蔗雜糧有種必獲故內地窮黎襁至輻輳樂出于其市稗海紀遊

郡中富庶百物價倍購者無吝色貿易之肆期約不愆傭人計日百錢趑趄不應召屠兒牧豎腰纏常數十金每過樗蒱浪棄一擲間意不甚惜同上

歲時

正月元旦家製紅白米糕以祀神于四五鼓時拜賀親友

上元節未字之女偷折人家花枝竹葉爲人詬詈謂異日必得佳壻平民有毀傷他家牆垣或竊豕槽雞欄辱及父母亦謂一年大利街頭花燈簫鼓鐃鈸喧鬧至廿五六日方罷十六日各市廛競饜酒肉名曰頭壓自是月以爲常臘月既望踵而行之名曰尾壓赤嵌筆談

四日家家備牲醴燒紙禮神是謂接神之禮

十五日人家多延道士諷經謂之誦三界經亦有不用道士而自備饌盒以燒紙者是夜元宵家家門首各懸花燈別有善歌曲者數輩爲伍製燈如飛蓋狀一人持之前導行遊市中絲竹雜奏謂之鬧傘更有裝故事向人

家有吉祥事作歡慶之歌主人多厚爲賞賚大抵數日之間烟花火樹在在映帶

二月二日各街社里逐戸鳩金演戲爲當境土地慶壽張燈結彩無處不然名日春祈福

三月三日採鼠麴草合米粉爲粿以祀其先謂之三月節

清明日祀其祖先祭掃墳墓邀親友同行輿步壺漿絡繹郊原祭畢藉艸銜杯遞爲酬勸薄暮乃歸

四月八日僧童舁佛奏鼓作歌沿門索施謂之洗佛

五月五日清晨然稻梗一束向室内四隅熏之用楮錢送路旁名日送蚊門楣間艾葉菖蒲兼插禾稈一莖謂可避蚊蚋椿一枝謂老而彌健彼此以西瓜肉粽相饋遺

祀神用諸紅色物自初五至初七好事者于海口淺處用錢或布爲標杉板魚船爭相奪取勝者鳴鑼爲得采土人亦號爲鬭龍舟午時爲小兒女結五色縷男繫左腕女繫右腕名日神鍊三月盡四月朔望五月初一至初五日各寺廟及海岸各船鳴鑼擊鼓名日龍船鼓謂主一年旺相○以上並舊志

六月一日各家雜紅麹于米粉爲丸名曰半年丸

七夕呼爲巧節家供織女稱爲七星孃紙糊綵亭晚備花粉香果酒醴三牲鴨蛋七枚飯七碗命道士祭獻畢則將端陽男女所結絲縷剪斷同花粉擲于屋上食螺螄以爲明目黄豆煮熟洋糖拌裹及龍眼芋頭相贈貽名日結緣赤嵌筆談

士子以七月七日爲魁星誕日多于是夜爲魁星會傳酒肴歡飲村塾尤甚舊志

七月十五日亦爲盂蘭會數日前好事者醵金爲首延僧衆作道場將會中人生年月日時辰開明疏內陳設餅餌香櫞柚子蕉果黃梨鮮薑堆盤高一二三尺并設紙牌骰子烟筒等物至夜分同羹飯施餕曰謂之普度更有放水燈者頭家爲紙燈千百晚于海邊然之頭家幾人則各手放第一盞或捐中番錢一或減半置于燈內衆燈齊然沿海漁船争相攫取得者謂一年大順沿街或三五十家爲一局張燈結綵陳設圖畫玩器鑼鼓喧雜觀者如堵二日事畢命優人演戲以爲樂謂之壓醮尾

月盡方罷赤嵌筆談

中秋祭當境土地張燈演戲與二月二日同春祈而秋報也是夜士子遞爲讌飲賞月製大月餅名爲中秋餅硃書元字擲四紅奪之取秋闈奪元之兆山橋野店歌吹相聞謂之社戲更有置筆墨紙研香囊瓶袋諸物羅列市廛賭勝奪采負則償値

重陽士人攜酒爲登高會童子製風箏如鳶如寶幢如八卦河洛圖競于高原因風送之以高下爲勝負夜或繫燈其上遠望若烱烱巨星

十一月冬至日家作米丸祀先祭神闔家皆食之謂之添歲即古所謂亞歲也門扉器物各黏一丸謂之餉耗是

日長幼祀祖賀節略如元日

十二月二十四日前數日各家掃塵凡官廟人家各備茶果牲醴印幡幢輿馬儀從于楮焚而送之謂之送神至來歲孟陬四日具儀如前謂之接神

二十五日各家齋戒焚香莫敢狎褻俗傳謂天神下降之日○以上並舊志

除夕前數日以各種生菜沸水泡甕中以供新歲祭祀之用餘則待發變後食之名曰隔年菜 赤嵌筆談

除夕殺黑鴨以祭神謂其壓俗一歲凶事爲紙虎口內實以鴨血或猪血生肉于門外燒之以禳除不祥 同上

氣候

臺僻東南隅地勢最下四面環海遥隔重洋數千里其氣候與內郡縣殊大約暑多于寒鐘鼎之家狐貉無所用之細民無衣無褐亦可卒歲花卉則不時常開木葉則歷年未落瓜蒲蔬茹之類雖窮冬亦華秀此寒暑之氣候不同也春頻旱秋頻潦東南雲蒸則滂沱西北密雲鮮潤澤所以雲行雨施必在南風盛發之時此雨暘之氣候不同也四時之風南颶居多七八月間因風擊浪檝爲摧檣爲傾其濤浪之聲遠聞數百里外曉東暮西風之所自與中土頓殊此颶颱之氣候不同也且一郡之中而窮南極北氣候亦迥不侔自府治至鳳山漸南漸熱鳳山至下淡水等處冬少朔風土素和暖雞隆之

氣晝爲特甚入夜轉寒未晡而露降日出而霧消自府治至諸羅彰化漸北漸寒彰化至八里坌雞籠城等處地愈高風愈烈寒凉愈甚每朔風起飛沙拔木山嵐海氣交釀爲露值夜霏霏如霰郁含山林咫尺莫辨茅簷日高尚溜餘滴常陰風細雨或驟雨如注人日在烟霧中瘴毒尤甚此窮南極北之氣候不同也舊志

廣東志云嶺南陰少陽多故四時之氣闢多于闔一歲間温暑過半元府常開毛腠不掩每因汗溢即致外邪蓋汗爲病之媒風爲汗之本二者一中寒瘧相乘其疾往往爲風淫又云盛夏士庶出入率以青布裹頭蓋南風爲厲一侵陽明則病不可起此地正相同赤嵌筆談

天氣四時皆夏恒苦鬱蒸遇雨成秋比歲漸寒冬月有裘衣者至霜霰則無有也稗海紀遊

洋船至澎湖則另一氣候未至則尚穿棉一至則穿葛漳州府志

南北淡水均屬瘴鄉南淡水之瘴作寒熱號跳發狂治之得法病後加謹即愈矣北淡水之瘴瘠黝而黃脾泄爲痞爲鼓脹蓋陰氣過盛山嵐海霧鬱蒸中之也深又或睡起醉眠感風而發故治多不起要節飲食薄滋味慎起居使不至爲所侵而已

淡水在磺山下日出磺氣上騰東風一發感觸易病雨則磺水入河食之往往得病以死七八月芒花飛颺入水

染疾益衆氣候與他處逈異秋冬東風更盛按劉安之諫伐閩越曰蝮蛇蠚生疾癘多作中國之人不能入其土唐韓愈之謫潮州也其謝表曰毒霧瘴氣日夕發作而自宋元以至于今閩中東粵並稱樂土異時內地官兵換班渡臺妻子倉皇涕泣相別如行萬里三十年來履險如夷即淡水一汛于今五年覩向者初戍之日亦大有間矣何者山川之氣鬱蒸而為瘴癘得人焉為之經理則氣有所洩而閉者漸開天地之常也屯戍衆多郡落稠密道通木拔蟲蛇惡物漸次驅除陰邪既消菑沴自息而又潔其居食濟以醫藥可無憂水土矣

潮信

月臨卯酉潮漲東西月臨子午潮平南北潮漲多在春夏之中潮大每在朔望之後海濱皆然臺亦無異但臺地屬東南月常早上十七八之後月値初昏即臨卯酉故潮長退視同安金廈亦較早同安金廈初一十六潮長

子午而退卯酉初八二十三潮長卯酉而退子午臺則初一十六潮長巳亥而退寅申初八二十二潮長寅申而退巳亥所差竟至一時半線以下潮流過北汐流過南與澎湖同半線以上潮流過南汐流過北或云自鹿耳門至打鼓港潮汐較內地早四刻水長五六尺打鼓至瑯嶠潮汐較內地早一時水只三四尺自三林港北至淡水潮汐與內地同水丈餘蓋臺潮每月初一十六日巳初四亥初四初二十七日巳正三亥正三初三十八日午初三子初三初四十九日午正一子正一初五二十日午正四子正四初六二十一日未初三丑初三初七二十二日未正三丑正三初八二十三日申初二

寅初二初九二十四日申初四寅初四初十二十五日申正三寅正三十一二十六日酉正一卯正一十二二十七日酉正四卯正四十三二十八日戌初三辰初三十四二十九日戌正二辰正二十五三十日戌正四辰正四此潮信之候也使槎錄

風信

臺海風信與他處逈異風大而烈者爲颶又甚者爲颱颶倏發倏止颱常連日夜正二三四月發者爲颶五六七八月發者爲颱九月則北風初烈或至連月爲九降過洋以四八十月爲穩以四月少颱八月秋中十月小春天氣多晴暖故也六月多颱九月多九降最忌颱颶俱

多挾雨九降多無雨而風凡颶將至則天邊斷虹先見一片如船帆者曰破帆稍及半天如鱟尾者曰屈鱟颶之多以時而異正月初四日曰接神颶初九日曰玉皇颶九日有颶則各颶皆驗否則至期或有颶或無颶靡所準也十三日曰劉將軍颶十五日曰上元颶二十九日曰烏狗颶二月二日曰白鬚颶三月三日曰元帝颶十五日曰眞人颶二十三日曰媽祖颶眞人多風媽祖多雨三春共三十六颶此其大者四月八日曰佛子颶五月五日曰屈原颶十三日曰關帝颶六月十二日彭祖颶十八日曰彭婆颶二十九日曰文丞相颶七月十五日曰中元颶八月初一日曰竈君颶十五日曰魁

星颶九月十六日日張眞颶十九日日觀音颶十月初十日日水仙王颶二十六日日翁爹颶十一月二十九日日普庵颶十二月二十四日日送神颶二十九日日火盆颶自二十四日至二十九日凡有南風則應來年有颱如二十四則應四月二十五則應五月二十九則應九月俱不爽又內地之風早西晚東惟臺地早東午西名曰發海西四時皆然船出鹿耳門必得東風方可揚帆澎湖來船必俟西風纔可進港設早西晚東則去船過日中始日中始能放洋來船昏暮不能進口此風信有天造地設之奇也又五六七月間舟人視天上有一點黑雲則收帆嚴柁以待風雨瞬息即至若少遲則

收帆不及有覆舟之患舊志

颶風或先期即至或逾期始作總不出七日之內正月初三日日眞人颶前已載者不再列二十四日日小妾颶二十八日洗炊籠颶二月初十日張大帝颶十九日觀音颶二十五日瀧神朝天颶一云是二十九日三月初七日閻王颶十八日后土颶二十八日東嶽颶又曰諸神朝天颶四月初一日白龍颶十三日太保颶十四日純陽颶二十五日龍神太白颶五月初一日南極颶初七日朱太尉颶十六日天地颶二十九日威顯颶六月初六日崔將軍颶十九日觀音颶二十三日小姨颶二十四日雷公颶此最狠二十六日二郎神颶二十八日大姨颶

七月初七日乞巧颶十八日王母颶又曰神煞交會颶二十一日普庵颶凡六七月多主颱海上人謂六月防初七月防半雖未必盡然有時而驗八月初五日九皇颶二十一日龍神大會颶九月初九日重陽颶十七日金龍颶二十七日冷風颶九月自寒露至立冬止常乍晴乍陰風雨不時謂之九降又曰九月烏十月初五日風信颶初六日天曹颶十五日下元颶二十日東嶽朝天颶十一月十四日水仙颶二十九日西嶽朝天颶此時朔風司令無日無風然南風盡純月背北處皆可泊船稗海紀遊

颱風乃天地之氣交逆地鼓氣而海沸天風烈而雨飄故沉舟傾檣若海不先沸天風雖烈海舟順風而馳同鯤鵬之徒耳六月有雷則無颱諺云六月一雷止三颱七月一雷九颱來澎湖灣船之澳有南風北風之別時當南風誤灣北風澳時當北風誤灣南風澳則舟必壞癸亥興師正當盛夏南風大作之候僞都督劉國軒將戰艦盡泊南風澳時我師到澎舟盡誤泊北風澳國軒得計謂可弗戰而勝也豈知天眷忽北風大作我師舟楫無損而僞敵連艅覆沒因得乘時進攻克取澎湖稗海紀遊

颶之尤甚者曰颱颱無定期必與大雨同至至必拔木壞垣飄瓦裂石久而愈勁舟雖泊灣常至虀粉海上人甚畏之惟得雷聲即止占颱風者每視風向反常爲戒如

夏月應南而反北秋冬與春應北而反南三月二十三日媽祖颶後便應南風白露後至三月皆應北風惟七月北風多主颱旋必成颱幸其至也漸人得早避之或曰颶四面皆至曰颱不知颱雖暴無四方齊至理譬如北風颱必轉而東東而南南又轉西或一二日或三五七日不四面傳遍不止是四面遞至非四面並至也颶驟而禍輕颱緩而禍久且烈春風畏始冬風慮終又非常之風當在七月而海中鱗介諸物遊翔水面亦風兆也稗海紀遊

占驗

海上天無時無雲雖濃雲靉靆但有雲脚可見必不雨雲脚者如畫家繪水石在其下橫染一筆為水石之界者是也無脚之雲如畫遠山但見山頭不見所止同上

日色被體如灼三日內必雨同上

日出時有雲蔽之辰刻後雲漸散必大晴日初出即開朗是日必不晴若久晴則不必同上

日落時西方有雲氣橫亘天上或作數十縷各不相屬日從雲隙中度過是謂日穿經緯來日大晴或雲色一片相連其中空有一二點空隙透出紅色是謂金烏點睛亦主晴同上

日落時西方雲色黯淡一片如墨全無罅隙又不見雲脚者主來日雨若雲色濃厚當夜必雨同上

日落時西北方雲起如層巒複嶂重疊數十層各各矗起

主大風雨山崩水溢之徵也應在七日之內余三觀此雲三遭大水矣處近山及江滸水涯宜防之同上

昧爽時雨俗呼開門雨是日主晴昧爽是初明時也同上

五更雨雞初鳴雨天未明雨天明已久雨皆主是日苦雨不輟晨起霧遮山腳主晴雲罩山頭主雨同上

初雨如霧雖沉晦至午必晴同上

久雨後暫霽背見滿雨如霧縱令開朗旋即雨至諺曰雨前濛濛終不雨雨後濛濛終不晴同上

久雨夜忽開霽星月謂之主來日大雨若近暮經見紅光然後見月則晴同上

久雨後近暮遍天紅色來日必晴俗云火燒薄暮天同上

虹霓朝見西方辰巳必雨虹霓申酉見東方必晴又斷虹兩頭不連者俗呼破篷亦見東方來日不免風雨同上

諸山烟霧蒼茫若山光透露俗謂為風雨之徵又鐵鳶高唳海鶴驚飛則臉日必風春日晚觀西冬日晚觀東有黑雲起主雨諺云冬山頭春海口赤嵌筆談

臺邑春日雨澤獨少鐵線橋以北大雨滂沱橋南無一滴梁觀察文科惡其限于南也改名通濟橋同上

續修臺灣府志卷十三終